Annem Shelly Marshall'a sevgilerimle
– KW

Levi'ye...
– JC

PEARSON

Türkçe yayın hakları © Pearson Eğitim Çözümleri Tic. Ltd. Şti. Türkiye, 2015
Barbaros Bulvarı No: 149 Dr. Orhan Birman İş Merkezi Kat: 3
Gayrettepe 34349 İstanbul-Türkiye Tel: 0212 288 69 41
iletisim@pearson.com.tr
www.pearson.com.tr

Özgün Adı: Bear's Loose Tooth
Simon & Schuster Books
An imprint of Simon & Schuster Children's Publishing Division
1230 Avenue of the Americas, New York, New York 10020

Metin © 2011 Karma Wilson
Resimler © 2011 Jane Chapman
Çeviri: Melike Hendek
Çin'de basılmıştır.

1. Baskı: 2015, 2. Baskı: 2016
ISBN: 978-605-4691-31-9
Sertifika No: 16372

Tombik Ayı'nın Dişi Sallanıyor

Karma Wilson

Resimleyen: Jane Chapman

Çeviri: Melike Hendek

PEARSON

Güneşli bir ilkbahar sabahı
Tombik Ayı ve arkadaşları
Lezzetli kurabiyeler eşliğinde
Sohbet ediyorlardı neşeyle

Hapur hupur yerken kurabiyeleri
Tombik Ayı tuhaf bir şey hissetti
Dişi yerinden oynuyordu sanki!

Hemen seslendi arkadaşlarına:
"Eyvah! Dişim sallanıyor galiba!
Bakın işte tam şurada."

Endişeyle çattı kaşlarını
Bu işe canı çok sıkılmıştı.
"Ya düşerse sallanan dişim?
Ben o zaman nasıl yemek yerim?"

“Şimdi anlarız,” dedi Tavşan
“Haydi aç ağzını kocaman.”
Tavşan baktı dikkatle,
Tombik Ayı’nın dişi
sallanıyordu gerçekten de!

“Üzülme lütfen,” dedi Fare
Sallanan dişin düşünce
Yepyeni bir diş gelecek yerine.”

“Sana yardım edeceğiz,” dedi Çalıkuşu
Ne yapılması gerektiğini biliyordu
Hep birlikte çekeceklerdi sallanan dişi
Çabucak çıkacaktı yerine yenisi

Çalıkuşu vakit kaybetmeden koyuldu işe
Başladı sallanan dişi var gücüyle çekmeye

Ama ne yaptıysa olmadı...

Tombik Ayı'nın dişi
sandığından daha inatçıydı!

Çalıkuşu pes etti sonunda:
"Bu iş için çok küçüğüm galiba!"
Baykuş, "Bir de ben deneyeyim," dedi.
Ama o da oynatamadı yerinden dişi

Ardından Porsuk, Tavşan ve Karga,
Çektiler sallanan dişi hızla.
Ama olmamıştı yine...
Tombik Ayı'nın dişi
duruyordu yerinde!

Sırayla denediler hepsi
Ama bir türlü çekemediler dişi
Sonunda...

Tombik Ayı kocaman diliyle,
Başladı sallanan dişi itmeye
Diş bir öne, bir arkaya sallandı
veee...

...Tombik Ayı'nın dişi
yuvarlandı çimlere!

Nihayet düşmüştü Tombik Ayı'nın dişi
Bu işe hepsi çok sevinmişti
Dans ettiler neşeyle
Şarkılar söylediler birlikte

Tombik Ayı baktı aynaya
Şimdilik bir dişi eksikti ama
Yerine yenisi çıkacaktı yakında

Tombik Ayı, gece olduğunda
Yerleştirdi dişini baş ucuna
Ve daldı tatlı mı tatlı bir uykuya

Mışıl mışıl uyurken Tombik Ayı
Diş Perisi usulca yanına yaklaştı
Tombik Ayı'nın baş ucundaki dişi aldı
Yerine tatlı üzümler bıraktı

Sabah görünce lezzetli üzümleri
Tombik Ayı ve arkadaşları çok sevindi
Diş Perisi ne güzel bir hediye getirmişti!

Tombik Ayı atıştırırken üzümleri iştahla
Birden bir kıpırtı hissetti ağzında!

Hemen seslendi arkadaşlarına:

Eyvah!

Dişim sallanıyor galiba!